あらしをよぶ名《めい》探《たん》偵《てい》

作《さく》／杉山《すぎやま》亮《あきら》
絵《え》／中川《なかがわ》大輔《だいすけ》

ミルキー杉山《すぎやま》のすべて

●ミルキー杉山《すぎやま》

この本《ほん》の主人公《しゅじんこう》。

ふたりの子《こ》どもと駅前《えきまえ》の団地《だんち》にすんでいる。

もともとべつの仕事《しごと》をしていたが、あるときみた映画《えいが》にかんげきして探偵《たんてい》になった。

探偵《たんてい》の依頼《いらい》はそれほどおおくないので、バイトもする。

コンコン保育園《ほいくえん》で保父《ほふ》さんとしてはたらいていた時期《じき》もあったが、いまはまた探偵《たんてい》にもどっている。

あかるく、だまされやすく、探偵《たんてい》にはむいていないという人もいる。

かみはボサボサ
探偵《たんてい》はいつも
コートをきるものと
思《おも》っているので
いつでも
このかっこうである
おなかが
かなり
でてきた
ポケットには
手帳《てちょう》、虫《むし》メガネ、
けいたいでんわ、
めいし、さいふなど。
さいふには
いつも2000円《えん》ぐらい
はいっている
ズボンは
よれよれ
くつもあまり
きれいではない

●ボウズすすきだ

口《くち》から火《ひ》をふける。

●ツルまつの

ナイフ投《な》げの名人《めいじん》。ねらったまとにかならずあてる。『いつのまにか名探偵《めいたんてい》』から登場《とうじょう》。

●ともこ

ミルキーのむすめ。名推理《めいすいり》でミルキーをたすける。頭《あたま》がいいのは母親《ははおや》ゆずり。

●たかし

ミルキーのむすこ。特技《とくぎ》はおにぎりをいっぺんに10こ食《た》べること。

●たつ子《こ》

ミルキーの妻《つま》。ただしいまは、わかれてくらしている。理由《りゆう》は不明《ふめい》。コンコン保《ほ》育園《いくえん》の保母《ほぼ》をしている。ミルキーを名推《めいすい》理《り》でたすけてくれる。

●ミス・ラビット

美術品《びじゅつひん》、ことに大《おお》きなつぼがすきなうつくしい女《おんな》どろぼう。ものすごく頭《あたま》がいい。

「なんだかんだ名探偵《めいたんてい》」から登場《とうじょう》。

●怪盗《かいとう》ムッシュ

世界的《せかいてき》な大《おお》どろぼう。ミルキーの宿敵《しゅくてき》。名画《めいが》のコレクター。へんそうの名人《めいじん》。

「あしたからは名探偵《めいたんてい》」から登場《とうじょう》。

●猫神《ねこがみ》さん夫婦《ふうふ》

名画《めいが》をムッシュにねらわれている猫《ねこ》マニアのお金《かね》持《も》ち。

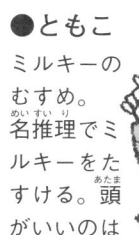

あらしをよぶ名《めい》探《たん》偵《てい》

もくじ

〈この本《ほん》のたのしみかた〉

この本《ほん》には２つの事件《じけん》と４つのクイズがはいっています。そして、それぞれが「事件編《じけんへん》」・「問題編《もんだいへん》」と「解答編《かいとうへん》」にわかれています。

「事件編《じけんへん》」・「問題編《もんだいへん》」には、事件《じけん》を解《と》く〈カギ〉がかくされています。探偵《たんてい》ミルキー杉山《すぎやま》が、いろいろな人にきいている話《はなし》や手《て》がかりを、読者《どくしゃ》のみなさんひとりひとりが、ちゅういぶかくよんで、じっくり考《かんが》えてみてください。

「解答編《かいとうへん》」をみるのは、それからです。

〈事《じ》件《けん》その1〉

どっちがムッシュ?

さいきん、
探偵《たんてい》の仕事《しごと》が　ない。
しかたないから、
近所《きんじょ》の犬《いぬ》を
散歩《さんぽ》させる
アルバイトを
している。
おひるすぎに
でかけるとき、

ダブダブちゃん
くるまに
きをつけてね

おばあさんが　いった。
「はやく　かえって
らっしゃい。
もうすぐ、
雨《あめ》が　ふるわ。
うちの　ダブダブが
しっぽをたてると、
かならず
雨《あめ》に　なるのよ。」

ええ？
いい天気《てんき》だけど
ほんとかなぁ？

散歩《さんぽ》に
でたら　すぐ、
探偵《たんてい》なかまの
ボウズすきだから
電話《でんわ》が　きた。
「ミルキー。事件《じけん》だ。
また、怪盗《かいとう》ムッシュが
あらわれた。
すぐに

猫神家《ねこがみけ》にきてくれ。」
猫神家《ねこがみけ》？
あ、猫《ねこ》の絵《え》や　置物《おきもの》を
あつめていて
*まえに　ムッシュに
ねらわれた　家《いえ》だ。
こんどは　なんだろう？
すぐ　ちかくだから、
このまま　いくことにした。

*『かえってきた名探偵《めいたんてい》』より
「怪盗《かいとう》ムッシュまたまたあらわる」参照《さんしょう》

猫神家《ねこがみけ》の　まえで
まっていた
ボウズすすきだが　いった。
「なぁ、ミルキー。
ムッシュは
変装《へんそう》の　名人《めいじん》だ。
このまえみたいに、
おれたちの
どっちかに
ばけることも

ツルまつのは
よんだかい？

かんがえられる。
いざと　いう
ときの　ために
あいことばを
きめておこうぜ。
それを　しってるのが
ほんものって　わけだ。」
あ、それは　いいかんがえだ。
おれたちは　さっそく、
あいことばを　きめた。

あぁ、
あとから
くるってさ

猫神家《ねこがみけ》は　大《おお》きな　おやしきだ。
ダブダブを　げんかんの
まえに　つないで、
猫神《ねこがみ》さん夫婦《ふうふ》に
なかに　いれてもらった。
へやには、
かごしまさんという
カメラマンが　いた。
かごしまさんは
猫《ねこ》グッズの

写真集《しゃしんしゅう》を
つくるために、
猫神《ねこがみ》さんに
たのんで、
三日《みっか》まえから
猫神家《ねこがみけ》の
猫《ねこ》の絵《え》や　彫刻《ちょうこく》の
コレクションの
写真《しゃしん》を　とらせて
もらっているそうだ。

猫神《ねこがみ》さんが　いった。
「じつは　けさ、
ポストに
こんな手紙《てがみ》が
はいっていたのです。」
さっそく
その手紙《てがみ》を
みせてもらった。

『このまえ、
いただきそこなった
ゴーニャンの絵《え》。
かくし場所《ばしょ》を
かえましたね。
でも、その場所《ばしょ》を
みつけました。
きょうの　午後《ごご》三時《じ》に
いただきに　まいります。
ムッシュ』

猫神《ねこがみ》さんが　つづけて　いった。
「それで、今回《こんかい》も
ミルキーさんと　すすきださんに
すぐ　連絡《れんらく》したのです。
また、絵《え》を
まもってください。」
「わかりました。
この絵《え》ですね？」
おれは　壁《かべ》の絵《え》を
ゆびさした。

「いえ、それは複製《ふくせい》です。」

「あ、そうか。

ほんものは　まえの

事件《じけん》のときのように、

このテーブルを

ひっくりかえすと　あるとか？」

「いえ、いまは　もっと

むずかしいところに　かえました。

かごしまさんにも　おしえていません。」

「ええ？　そうなんですか？」

まぁ、ムッシュが
予《よ》告《こく》した時間《じかん》まで
あと30分《ぷん》しか
ないわ

かごしまさんが　にが笑《わら》いしながら　いった。
「ほんとうです。猫神《ねこがみ》さんは
ゴーニャンの絵《え》を　みせてくれません。
あれは　世界《せかい》のたからものですから、
ぜひ　写真集《しゃしんしゅう》に
おさめたいんですが……。」
猫神《ねこがみ》さんが　こたえた。
「わたしは　あの絵《え》は、じぶんだけで
こっそりみて　たのしみたいんです。
ですから、かごしまさんには　わるいけど

写真《しゃしん》に　とらせる気《き》は　ありません。
この　家《いえ》のなかに
かくしてありますよ。」
かごしまさんが
また、いった。
「でも、猫神《ねこがみ》さん。
ムッシュは　そのかくし場所《ばしょ》を
みつけたと　いってきたんです。
いますぐ　場所《ばしょ》を　かえたほうが
いいと　思《おも》いますよ。」

ボウズすすきだも
いった。
「それは　そうだ。
いま、かくし場所《ばしょ》を
かえたら、ムッシュに
みつからずに　すむ
かもしれない。」
猫神《ねこがみ》さんは　しばらく
ためらっていたが、

「では、
そうしましょう。」
といって、テレビの
リモコンスイッチを
かべの本《ほん》だなに　むけた。
ピッ。
とたんに、びっくり。
本《ほん》だなが　上に
もちあがった。

うらの　すきまに
ゴーニャンの絵《え》が　あった。
「どうです。
メトロポリタンク美術館《びじゅつかん》にも
ない　傑作《けっさく》ですよ。」
ボウズすすきだが　いった。
「さあ、
どこに　かくすか、
きめようぜ。」

そのとき、
かごしまさんが
へやのすみに
いって
電話《でんわ》の　受話器《じゅわき》を
とりあげた。
「すみません。電話《でんわ》、
おかりします。
天気予報《てんきよほう》が　気《き》になるので……。」

ところが、そのとき、
かごしまさんの
ケイタイ電話《でんわ》が　鳴《な》った。
「はい。
あ、ニコニコ出版社《しゅっぱんしゃ》ですか。
ええ、猫神《ねこがみ》さんは
ゴーニャンの絵《え》は　写真集《しゃしんしゅう》に
いれる気《き》は　ないと
おっしゃっています。
え、こまるって？

そんなことを
いわれても……。」
話《はなし》が　長《なが》くなりそう
なのか、かごしまさんは
ケイタイを
もったまま、へやを
でていった。
ボウズすすきだが　いった。
「さて、この絵《え》を
どこに　かくそうか？」

猫のノミをとる女
ゴーニャン
猫のノミをとる女
ゴーニャン

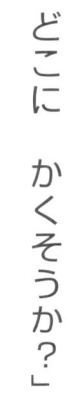

おれは　いった。
「うまい手《て》が　ある。
いっそ、ほんものの絵《え》を
ここのかべに　どうどうと
かけたら　どうだろう？
ムッシュは、
ここのかべに　かけてある
絵《え》は　にせものと
思《おも》っているから、

その　うらを　かくんだ。」
みんなが
「なるほど。
それは
いいかんがえだ。」
と　いってくれたので、
さっそく、複製画《ふくせいが》を
本《ほん》だなのうらに　しまい、
ほんものの絵《え》を
かべに　かけた。

そこに　かごしまさんが
もどってきた。
「あれ、ほんものの絵《え》は
もう、どこかに
かくしたんですか？」
猫神《ねこがみ》さんが
「うん。じつはね……。」
と　いおうとすると、
ボウズすすきだが
さえぎるように　いった。

「かくすのを　やめて　もとの
本《ほん》だなのうらに　もどしたよ。
やっぱり、あそこが　安全《あんぜん》だ。」
おや、すすきだは
うそを　ついてるぞ。
そうか、ムッシュが
かごしまさんに　ばけてる
ことも　かんがえられる。
たしかに　場所《ばしょ》は
おしえないほうが　いいな。

そのときだ。
いきなり、
雨《あめ》が　はげしく
ふってきた。
「いけない、たいへんだ！」

近所《きんじょ》の　おばあさんの
犬《いぬ》を　げんかんの　まえに
つないでいるんだった！
おれは　あわてて
とびだした。

ザーッ。ゴーッ。
外《そと》は　雨《あめ》だけでなく、
風《かぜ》も　でてきていた。
ワンワン！
「ごめんよ、ダブダブ。
ぬれちゃったね。」
犬《いぬ》に
ちかよったとき、
げんかんまえに
車《くるま》が　とまって

いるのに、おれは
気《き》がついた。
しかも、のって
いるのは　たしか、
ムッシュの手下《てした》の
ピエールって　やつだ！
すると、むこうも
気《き》がついたらしい。
あわてて　車《くるま》を
発進《はっしん》させて　にげだした。

「たいへんだ。
すすきだ！
きてくれ。」
そう　さけぶと、
おれは　雨《あめ》のなか、
車《くるま》を　おいかけた。
「まてー。」

ボウズすすきだも
とびだしてきて、
あとから
つづいた。
だが、
車《くるま》には　なかなか
おいつけない。

ボウズすすきだが　いった。
「しまった。ふたりとも
とびだして、このあいだに
ムッシュが　きたら　たいへんだ。
おれは　ここで　もどる。
ミルキーは　このまま
おいかけてくれ！」
「よし、わかった！」
ボウズすすきだは
いそいで　ひきかえしていった。

おれは　なおも、
ピエールの車《くるま》を　おった。
だが、雨《あめ》は　ますます
つよくなり、ピエールの
車《くるま》は　とうとう
にげていってしまった。
しかたが　ない。
びしょぬれになって、
おれも　猫神家《ねこがみけ》に　もどった。
ところが……。

猫神家《ねこがみけ》の　げんかんに
はいると、
クロロホルムの
においが　した。
いそいで
居間《いま》に　いくと、
猫神《ねこがみ》さん夫婦《ふうふ》が
ねむっている！

そして、
かべに　かけた
ゴーニャンの絵《え》は
おろされ、
ボウズすすきだと
かごしまさんが
その絵《え》を
両《りょう》がわから　もって、
にらみあっていた！
え？　どういうことだ？

おれをみた　かごしまさんが、
ボウズすすきだを
ゆびさして、いった。
「ミルキーさん。
ちょうど　よかったです。
この　すすきださんは
ムッシュの　変装《へんそう》です。
雨《あめ》のなかへ　とびだしていって、
もどってきたと　おもったら、
いきなり　猫神《ねこがみ》さんたちに

クロロホルムのスプレーを
かけたんです。
悲鳴《ひめい》を　きいて
わたしが
となりのへやから
とびだしてきたら、
絵《え》を　かべから
はずして　にげる
ところでした！
いっしょに　つかまえてください！」

すると、
ボウズすすきだも
かごしまさんを
ゆびさして
さけんだ。
「ちがうぞ、
ミルキー。
そいつが
ムッシユだ。

おれが　雨《あめ》のなかを
もどってきたら、
こいつが
猫神《ねこがみ》さんたちを
ねむらせて、
かべの絵《え》を　はずしている
ところだったんだ。
いっしょに
つかまえよう！」

「絵《え》から　手《て》を　はなせ！」
「おまえこそ　はなせ！」
ふたりとも　「はなせ！」
と　いうばかりで
うごけないでいる。
力《ちから》ずくで
ひっぱりあうと
絵《え》が　やぶけて
しまうからだ。
さあ、わからない。

どっちが　ムッシュで、
どっちが
ほんとうのことを
いってるんだ？
あれ、まてよ。
ほんものの　絵《え》が
ある場所《ばしょ》を
しっているのは
どっちだっけ？

おれは　きいてみた。
「かごしまさん。
あんたが　ムッシュでしょ？」
「ちがいますよ！」
「じゃ、すすきだ。
おまえが　ムッシュだな？」
「ふん、しるもんか。」
うーん。さて、
どっちが　ムッシュか、
きみは　わかったかな？

「どっちがムッシュ」事件《じけん》

〈解答《かいとう》へん〉

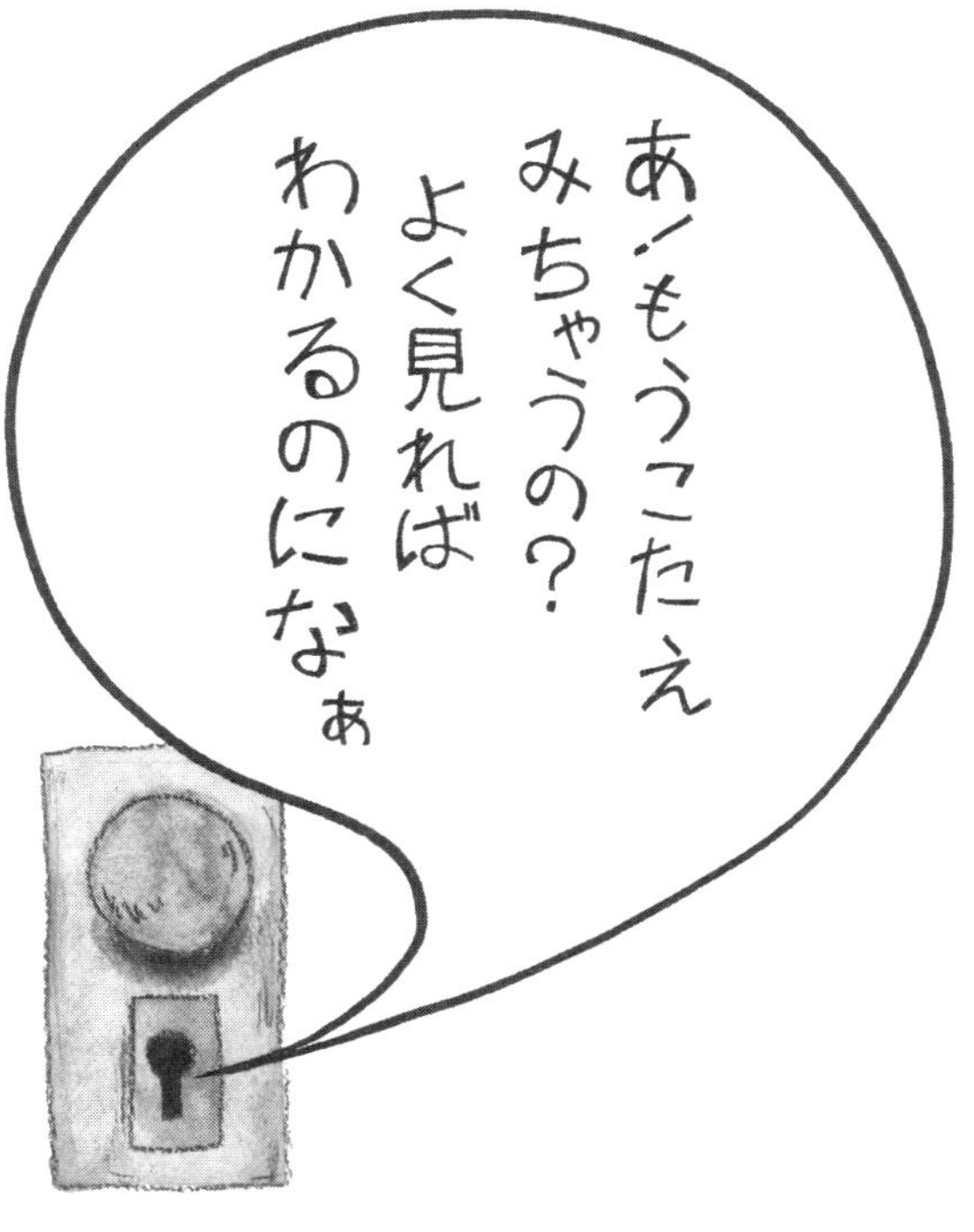
あ!もうこたえ
みちゃうの?
よく見れば
わかるのになぁ

おれは　さけんだ。
「かごしまさん。
あんたが　ムッシュだ！」
「なんでですか？
いま、まともに
返事《へんじ》を　しなかった
すすきださんの　ほうが
あやしいじゃないですか？」
「ちがう。
こんなときのために

ふたりで　あいことばを
きめておいたんだ。
どっちかが
『おまえは　ムッシュか。』
ときいたら
『しるもんか。』
っていう　やくそくだ。
ほんとの　ムッシュなら
ぜったい　『ちがう』って
いうはずだからな。」

「そんなこと　いったって、
どこに　ほんものの絵《え》を　かくしたか、
わたしは　きいてないんですよ！
わたしが　絵《え》を
ぬすめるはずが　ありません。」
「その　トリックも　わかったさ。
おまえは　カメラマンに　変装《へんそう》して
猫神家《ねこがみけ》に　はいりこんだ。
もちろん、すきをみて
ゴーニャンの絵《え》を　ぬすむためだ。

でも、猫神《ねこがみ》さんは　ゴーニャンの絵《え》の
かくし場所《ばしょ》を　おしえてくれなかった。
しかたなく　おまえは、
『ムッシュが　ねらっている。
かくし場所《ばしょ》は　しっている』と
書《か》いた手紙《てがみ》を　郵便《ゆうびん》うけに　いれた。
こうすれば、猫神《ねこがみ》さんが
場所《ばしょ》を　かえるために
絵《え》を　とりだすから、そのとき、
うばえばいいって　かんがえたんだ。

でも、そんな手紙《てがみ》を
だした　おかげで、
おれと　すすきだが
よばれることになった。
そこで、おまえは　じぶんが
あやしまれない方法《ほうほう》を　かんがえた。
絵《え》を　どこに　かくすかの
相談《そうだん》を　するとき、
わざと　へやから
でていったんだ。

でも、それで　どうやって、
ほんものの絵《え》の
あたらしい　かくし場所《ばしょ》を
しることが　できるか？
あのとき、おれは　なんだか
へんだなあって　思《おも》ったんだ。
だって、
居間《いま》の　電話《でんわ》の　受話器《じゅわき》を
はずしたまま、
いったじゃないか！

やっと　その意味《いみ》が
わかった。
おまえは　あのとき、
『天気予報《てんきよほう》を
ききたい。』
と　いって
居間《いま》から　電話《でんわ》を　かけた。
だが、それは
天気予報《てんきよほう》でなく、じぶんの
ケイタイに　かけたのだ。

そして　ケイタイを　とると
だれかと　しゃべっている
しばいを　しながら、
へやを　でていった。
もちろん、居間《いま》の　電話《でんわ》の
受話器《じゅわき》は　もどすふりをして、
はずしたままだ。
そうすれば、へやのはなし声《ごえ》を
じぶんのケイタイで　きくことが
できるって　わけだ！」

なるほど。
そうやって、
絵《え》のあたらしい
かくしばしょを
きいたわけだ

「うーん、ばれたか。」
そういって、ムッシュは
正体《しょうたい》を　あらわすと……、
いきなり、
かくしもっていた
スプレーを
ふきかけてきた。
シュー。
しまった。

クロロホルムだ。
すってしまったぞ！
おれと　すすきだが
ひるんでいる
あいだに
ムッシュは
絵《え》を　つかんで
居間《いま》を　とびだした。
「はい、アデュー。」

まずい。
ムッシュが
げんかんから
にげようとしている。
おいかけなきゃ。
でも、クロロホルムが
きいてきたみたいだ。
ねむい、ねむい。

げんかんのほうで
ムッシュが
どなる声《こえ》が　した。
「ピエール！
ピエール！
むかえの車《くるま》は
どこだ？」

外《そと》は　どしゃぶりで
あらしのように
なっていた。
ムッシュの声《こえ》に　こたえて、
ピエールが　ずぶぬれになって
はしりこんできた。
「ボス。すみません。
やつらに　おいかけられたんで
車《くるま》は　百《ひゃく》メートルさきの

道路《どうろ》に
うごかしました。
そこまで　はしって
いきましょう！」
「なんだって！」
そんな声《こえ》を
ききながら、
おれは
ねむりこんで
しまった。

しばらくして、
おれは　探偵《たんてい》なかまの
ツルまつのに
たすけおこされた。
「ありゃ、どうして
ここへ？」
「おそくなって
わるかった。
あとから　いくって
いったろう？」

ちょっと、絵《え》をとられちゃったじゃ
ないですか！
どうして
くれるん
ですか!!

気《き》がつくと、窓《まど》の外《そと》は　もう、
日《ひ》が　さしていた。
雨《あめ》は、ほんの
いっしゅん
だった　ようだ。
「ムッシュは？」
「おれが
きたときには
もう　いなかった。
にげたんだろう。」

やれやれ、
猫神《ねこがみ》さんが　おこるのも
むりは　ない。
いくら　ムッシュの
正体《しょうたい》を　みやぶっても、
絵《え》を
もっていかれては
なんにも　ならない。
今回《こんかい》は　完敗《かんぱい》だ。
と、思《おも》った　そのときだ。

げんかんから　おくさんが　はしってきた。
なんと　手《て》に　ゴーニャンの
絵《え》を　もっている！
「みて　みて！
げんかんの　ドアのうらに
たてかけてあったの！
ほんものよ。」
え、ムッシュは
絵《え》を　おいていったの？
なんで？

ボウズすすきだが　いった。
「そうか、ムッシュは
美術品《びじゅつひん》を　愛《あい》する
どろぼうだ。大雨《おおあめ》が
ふっているのを　みて、
外《そと》に　絵《え》を
もちだせば、
名画《めいが》が　だめに
なってしまうと
気《き》が　ついたんだ。

だから、あきらめて
おいて　いったんだろう。
敵《てき》ながら、やるなあ。」
なるほど。ムッシュに　とって、
とつぜんの　大雨《おおあめ》だけが
誤算《ごさん》だったと　いうわけだ。
猫神《ねこがみ》さんたちは
よかったと　よろこんでいる。
でも、やっぱり
おれたちの　完敗《かんぱい》だ。

ゴーニャンの絵《え》は
とられずに　すんだが、
これでは　とても
お礼《れい》は　もらえない。
猫神《ねこがみ》さんが
お金《かね》を　はらうというのを、
おれたちは、ぐっと
がまんして　ことわった。
でも、
みんなと　わかれて

おばあさんの家《いえ》に
犬《いぬ》を　かえしに　いったら、
おばあさんが
「雨《あま》やどりしていて
おそくなったのね。
たいへんだったでしょう？」
といって、夕飯《ゆうはん》の
おかずを　くれた。
犬《いぬ》には　わるかったけど、
こちらは　いただくことにした。

〇月×日　　　あめ

石頭《いしあたま》けいぶからバレエの発表会《はっぴょうかい》のチケットをもらったのででかけた。てっきり娘《むすめ》のかた子さんが踊《おど》るのだと思《おも》っていたら、石頭《いしあたま》けいぶがメイクをしてでてきて、王子《おうじ》の役《やく》で踊《おど》った。まさかバレエが趣味《しゅみ》とは…いまだに信《しん》じられない！

ミルキー杉山《すぎやま》の事件簿《じけんぼ》

ギャングパーティーに潜《せん》入《にゅう》せよ!

探偵《たんてい》のツルまつのだ。
あるとき、おれは
ギャングたちが
パーティーをひらくという
情報《じょうほう》を手《て》にいれた。
その家《いえ》をみはっていると、
つぎつぎにへんなやつが
家《いえ》のなかにはいっていく。よし、
なかにもぐりこんでやろう。
おれは連中《れんちゅう》のうしろにならんだ。

するとびっくり。
ドアのところに
ガードマンがいて、
なにか質問《しつもん》している。
…
…
ギョッ。
こたえられないと、
なかにはいれないのか……
これはまいった。
ヒトは？
2！
よし。
ライオン
は？
4！
よし。

※答えはつぎのページ

ミルキー杉山の事件簿

ギャングパーティーに潜入せよ！

●解答編●

おれはクールにこたえた。

2！

よし。

おれはなかにいれてもらえた。おかげで、ギャングたちの情報《じょうほう》をきけたぜ。

ガードマンは文字《もじ》の数《かず》をきいているんだ。ヒトは2文字《もじ》。ライオンは4文字《もじ》だろ？きみはうっかり「8！」なんてこたえなかったろうね？それだといまごろ、つかまってぐるぐるまきにされてるはずだ。

ミルキー杉山《すぎやま》の事件簿《じけんぼ》
四人《よにん》の名探偵《めいたんてい》
カツシカもみじ
ヤナギサワつばめ
サクラコウジやよい
サカズキきくのすけ
ブルータス
おれたちはミルキーほどゆうめいじゃないが、まじめにやってる探偵《たんてい》たちだ。
あるとき、大きな屋敷《やしき》に四人《よにん》ではりこんで、やってきたどろぼうを金庫《きんこ》のまえで、もののみごとに、つかまえた。ところが、ここで問題《もんだい》がおきたんだ。

おれたちは、どろぼうがはいれないように、げんじゅうにとじまりをしていた。
それなのに、やつがどこからはいってきたのかが、わからないんだ。
げんかんのドアをこじあけて、はいったんだな。
やねをつたわってあかりとりの窓《まど》をわって、はいったのね。

板《いた》を切《き》りとって ゆか下《した》から、はいってきたと思《おも》うわ。
げんかんか、ゆか下《した》から はいってきたかの、どっちかさ!
やれやれ、なさけない。真相《しんそう》をあてたのは、ひとりしか いないのか。
さて、どろぼうは どこから はいってきたんだろう?

※答えはつぎのページ

ミルキー杉山の事件簿

四人《よにん》の名《めい》探《たん》偵《てい》 ●解答編●

整理《せいり》すると、
げんかんといったのが、ふたり、
ゆか下《した》といったのが、ふたり
やねといったのが、ひとりだ。

答え やね

真相《しんそう》をあてたのが
ひとりしかいない
なら、犯人《はんにん》は
やねから
はいってきたこと
になる。
やよいは、
鼻《はな》たかだかだ。

ともこのクイズ

ともこの学校のへんなテスト

えん
□んえん
えん
□ん□んえん
□ん□ん□んえん
□んえん
□ん□んえん
□ん□ん□んえん
□ん□ん□ん□んえん
□ん□ん□ん□ん□んえん

さ
ま
ぜ

算数《さんすう》のテスト

とく点
/100

□のなかに　「さ」か　「ま」か　「ぜ」を　いれて、
お金《かね》の額《がく》が　だんだん　大きくなるように　しましょう。

① □んえ
② □ん□
③ □ん□
④ □ん□
⑤ □ん□
⑥ □ん□
⑦ □ん□
⑧ □ん□
⑨ □ん□
⑩ □ん□
⑪ □ん□

うーん、
ややっこしいぞ。
①は
「さんえん」

だろうなあ。

※答えはつぎのページ

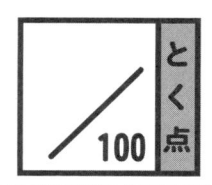

ともこのクイズ

ともこの学校のへんなテスト

●解答編●

答え

① さんえん（3円）
② さんぜんえん（3,000円）
③ さんぜんさんえん（3,003円）
④ さんまんえん（30,000円）
⑤ さんまんさんぜんえん（33,000円）
⑥ さんまんさんぜんさんえん（33,003円）
⑦ さんぜんまんえん（30,000,000円）
⑧ さんぜんまんさんえん（30,000,003円）
⑨ さんぜんまんさんぜんえん（30,003,000円）
⑩ さんぜんまんさんぜんさんえん（30,003,003円）
⑪ さんぜんさんまんさんぜんさんえん（30,033,003円）

みんな、わかったかな？

とほほ。ややっこしい。

たかしのクイズ

三本《ぼん》の道《みち》

たかしが、保育園《ほいくえん》からかえってきていった。
おとうさん、きょう、ぼく保育園《ほいくえん》で先生《せんせい》にほめられちゃった。先生《せんせい》がだした問題《もんだい》にこたえられたから。
へえ、どんな問題《もんだい》だい？

うん。たからさがしの話《はなし》なんだ。あるところにたからものがうまっているの。
うん うん
そこにいく道《みち》は、とちゅうで三本《ぼん》にわかれている。
右《みぎ》の道《みち》をいくと、なにもおきないけど、水《みず》のないさばくを、三日《みっか》も歩《ある》かなければならない。

まんなかの道《みち》をいくと、二日《ふつか》でつくけど、むこうがみえないくらい広《ひろ》い池《いけ》を、およいでわたらなければならない。
左《ひだり》の道《みち》をいくと、一日《いちにち》でつくけど、もう一年間《ねんかん》もなにもたべていない人食《ひとく》いトラに、あわなければならない。さあ、どの道《みち》をえらぶ？っていうの。おとうさんならどうする？
うーん、いい方法《ほうほう》がある。
池《いけ》の水《みず》をくんでから、もどって、右《みぎ》のさばくの道《みち》をいけばいいんだ。そうだろ？

※答えはつぎのページ

たかしのクイズ

三《さん》本《ぼん》の道《みち》
●解答編●

答え　左の道

〈事件《じけん》その2〉

ミス・ラビットのうそ

たつ子《こ》から
「相談《そうだん》があるから　あいたい。」
という　メールが　きた。
わけあって　わかれて
くらしているが、
たつ子《こ》は　おれの妻《つま》だ。
さっそく　ちかくの
カフェで　話《はな》をきいた。
たつ子《こ》の　つとめている
コンコン保《ほ》育《いく》園《えん》で　バザーを

することになったので、
てつだってほしい　という。
「ふうん。なんで
バザーを　するの？」
「園長先生《えんちょうせんせい》が　こううんきを
買《か》いたがってるの。
うらにわを　畑《はたけ》にして
子《こ》どもたちに　野菜《やさい》を
たくさん　たべさせて
あげたいんだって。」

そこで、
バザーのてつだいを
することになった。

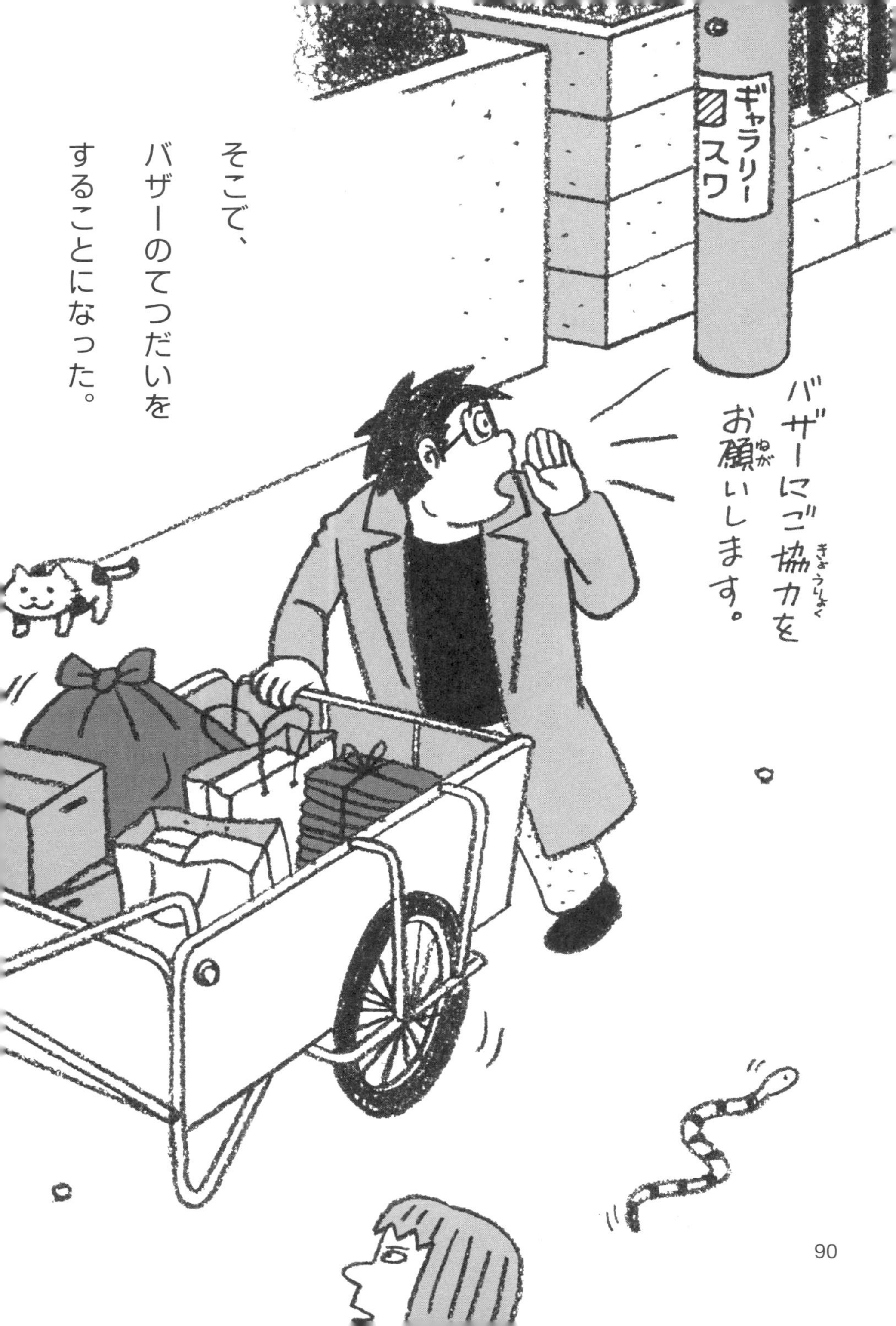
ギャラリースワ
バザーにご協力《きょうりょく》を
お願《ねが》いします。

まず、探偵《たんてい》なかまの
ボウズすすきだを
さそった。
すすきだの　むすめの
たきびちゃんは
コンコン保《ほ》育《いく》園《えん》の
園《えん》児《じ》なのだ。
それから　ふたりで
リヤカーを　ひいて
近所《きんじょ》を　まわった。

いらないものを
寄付《きふ》して
ください

とらやしきの　おじいさんの
うちにも　いった。
「こんにちは。
こんど、保育園《ほいくえん》で
バザーを　やるんです。
いらない　つぼは
ありませんか？」
とらやしきの　おじいさんは
めずらしいつぼを
たくさん　あつめている。

「ばかをいうな。
わしの　あつめた
つぼは　みんな
一千万円《せんまんえん》以上《いじょう》じゃ。」
「あ、そうか。」
バザーで　売《う》るのは
やすいものばかりだ。
これは　むりだった。

すると、ボウズすすきだが　いった。

「それなら　貸《か》していただけませんか。それをみに　バザーにきてくれる人《ひと》がふえると　思《おも》うので……。」

おじいさんが　いった。

「ふむ。貸《か》すだけなら　いいぞ。ふだん、なかなかみられない　たからものじゃ。」

おじいさんは　つぼを三つ　かしてくれた。

ボウズすすきだが
小声《こごえ》で　いった。
「よし、このつぼを
エサにして　ミス・ラビットを
おびきだして　つかまえようぜ。」
あ、そうか。
ミス・ラビットは
いつでも、
とらやしきの　つぼを
ねらっているからな。

バザーの日《ひ》に　なった。
保育園《ほいくえん》の　ホールには、
たくさんの　おもちゃや
古着《ふるぎ》が　ならべられた。
だが、おれと　すすきだは
それどころでは　ない。
とらやしきの　おじいさんが

かしてくれた　三つの　つぼは、
ひとつ　一千万円《せんまんえん》も　するそうだ。
もし、ミス・ラビットに
とられたら、とても
べんしょうできない。
しっかり　みはって
いなければならない。

おれは、つぼを
すきだに　まかせて、
園内《えんない》の　みまわりを　した。
うらにわでは
園長先生《えんちょうせんせい》が
土《つち》を　ほりかえしていた。
「園長先生《えんちょうせんせい》、
こんな　広《ひろ》いところを
ひとりで　たがやすなんて
むりですよ。」

「うん、わしも
としだから、
こしが　いたいわい。
はやく　ここを
畑《はたけ》にして、
おいしい　野《や》菜《さい》を
子《こ》どもたちに
たべさせて
やりたいなあ。」

こううんきが
あると
いいなぁ

やがて　バザーが
はじまった。
お客《きゃく》が　おおぜい
はいってきた。
「あら、これね、
新聞《しんぶん》に　のっていた
一千万円《せんまんえん》の
つぼって。」
「すごいわねえ。」

ありがたい。
つぼの　人気《にんき》で
おおぜい
きてくれた。
ついでに
なにか
買《か》ってくれる
だろう。

だが、
これは　たいへんだ。
人《ひと》が　おおすぎる。
ミス・ラビットが
変装《へんそう》してきても
わからないぞ。

はい、押《お》さないで
つぼにさわっちゃだめですよ
らしい
つぼ

とつぜん、どこかから
ウサギが　とびだした。

「あ、ウサギだ！」
気《き》づいた　子《こ》どもたちが
はしりだした。
「ちょっと　ちょっと
あぶないでしょ！」
と、だれかが　さけんだ。
ホールのなかは
だいこんらんになった。

へんだ、
コンコン保《ほ》育《いく》園《えん》では
ウサギは　かっていないのに！
おれは　ホールのなかを
おいかけて、やっとのことで、
ウサギを　つかまえた。
「よし、つかまえたぞ。」
すると、ボウズすすきだも
もう　一ぴきの
ウサギを　もちあげて　みせた。

え？　まてよ。
うっかり、ふたりで　ウサギを
おいかけまわしちゃった　けど、
つぼは　だいじょうぶかな？
おれたちは　あわてて、
つぼのそばに　もどった。
だが……。

ない！
つぼは　三つ
あったのに、
いちばん
小《ちい》さいのが
なくなっている
ガーン、
どうしよう！
ボウズすすぎだが
さけんだ。

「みんな、うごくな！
だれも　ホールから
でたら　だめだ！」
そうだ。まだ、
みじかい　時間《じかん》だ。
ミス・ラビットは
このなかに　いるに
ちがいない！
つぼは　まだ、
とりかえせるはずだ。

それにしても、こまったぞ。
ここにいる　人《ひと》たちの
荷物《にもつ》を　かってに
しらべる　わけにも
いかないし、
やっぱり　石頭《いしあたま》けいぶを
よぶしかないか……。
と、思《おも》ったら
サングラスの　女《おんな》の人《ひと》が
いった。

「まさか、あたしたちを
どろぼうだと　うたがって
警察《けいさつ》を　よんだり
しないでしょうね？
バッグのなかを　みせますわ。
それで　なにも　もってないって
わかった人《ひと》は　かえっていい
ことに　してください！」
そういって、ハンドバッグを
あけて　みせた。

すると
みんなも
いった。
「そうよ。
かえれないんじゃ　こまるわ。
あたしのバッグも
みてちょうだい。」
おれは　どぎまぎしながら、
返事《へんじ》した。
「いや、なにも　みなさんを

うたがっている　わけじゃ
ないんですよ……。」
でも、まてよ。
そのほうが　はやいか……。
「わかりました。では、
荷物《にもつ》を　みせてください。」
とにかく、
このさわぎを
なんとか
しないと……。

そのときだ。たつ子《こ》が　おれのそばに
ちかづいてきて、そっと　いった。
「あなた、わかったわ。つぼは
まだ、この会場《かいじょう》にかくしてあるわ。
さっきと　ちがっている
ところが　あるもの。」
「えっ？　どこ？」
おれは　まわりを　みまわした。
ぬすまれた　つぼは
どこに　かくしてあるんだろう？

「ミス・ラビットのうそ」事件《じけん》〈解答《かいとう》へん〉

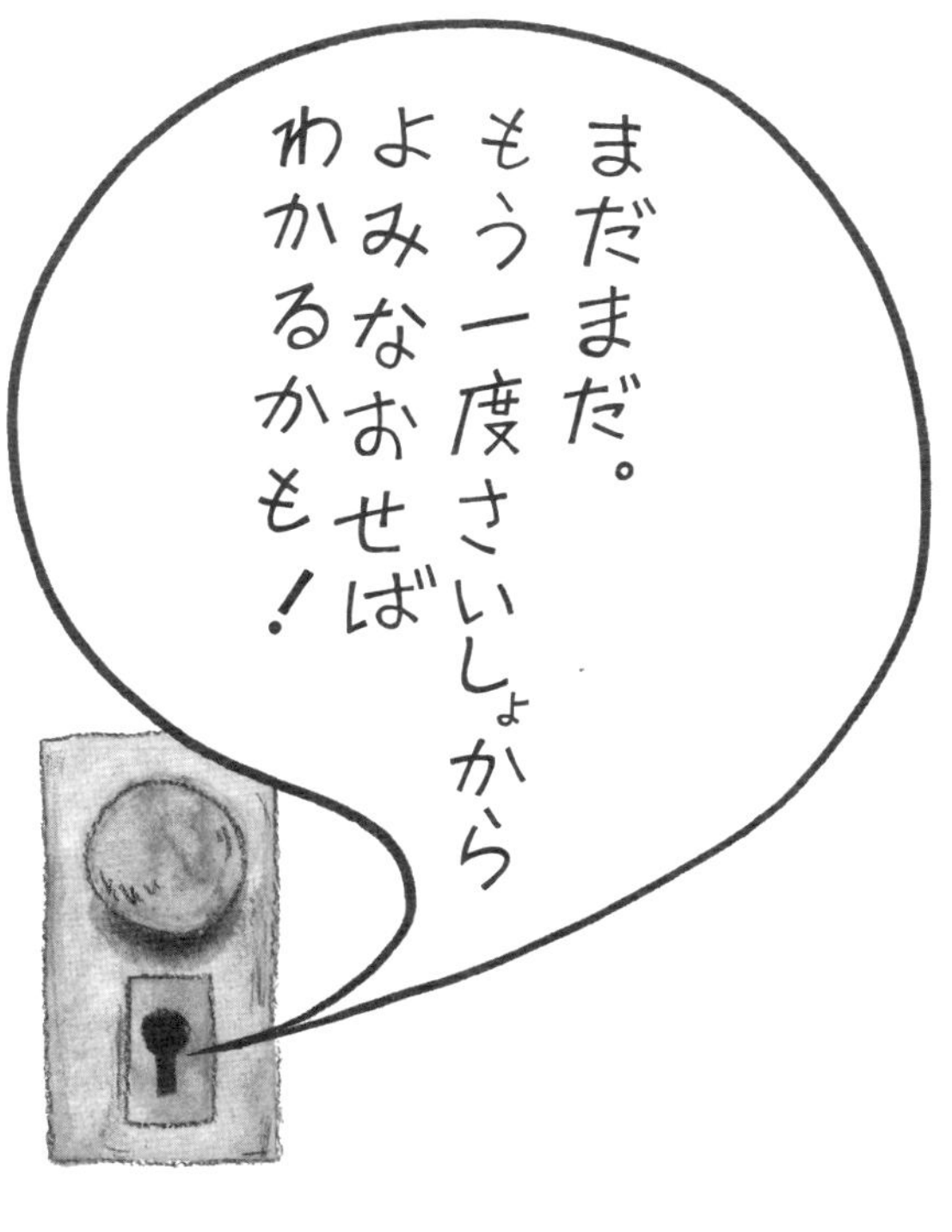
まだまだ。
もう一度さいしょから
よみなおせば
わかるかも！

「どこだい？」
おれは　たつ子《こ》に
小声《こごえ》で　たずねた。
そのとき、たつ子《こ》が
サングラスの女《おんな》に
むかって　さけんだ。

「わかってるのよ！
あなたが
ミス・ラビットね！」

「しつれいね。あたしが　ミス・ラビットだ
なんて、どうして　思《おも》うのよ！」
「だって、わたしは　みてたもの。
あなたが　ウサギの　はいった
紙《かみ》ぶくろをもって　この会場《かいじょう》に　きたのを。」
「うーん、そんなとこまで
おぼえてる　なんて。」
女《おんな》は　サングラスを　とって、
ミス・ラビットのすがたに　なった。
たつ子《こ》が　つづけた。

「ウサギを　だして、
さわぎを　おこして、そのあいだに
つぼを　とって　にげるつもり
だったんでしょ？
でも、思《おも》ったより　かんたんに
ウサギが　つかまっちゃったんで、
とることができず、
しかたなく　かくしたのね。
で、このあと、もうひとさわぎ　おこして
とって　にげようって　いうんでしょ？」

「そこまで　わかってるなら、
なにも　いうことは　ないわ。
それっ。」
ミス・ラビットは
ふところに
かくしもっていた

ボールを　ゆかに
たたきつけた。
ボーン！
あたりに
けむりが　たちこめた。
「うわ、
なにも
みえないぞ。」

そのときだ。
けむりのなかで
つぼのほうに　むかう
ミス・ラビットの
すがたが
ちらっと　みえた。
とたんに、
ボウズすすきだが
火《ひ》を　ふいた。
「こいつめ。」

ボーッ。
かえん攻撃《こうげき》は
ボウズすすきだの
とくいわざだ。
「うわ、やめろ　やめろ。
人《ひと》が　おおぜい　いるんだぞ！」
おれは　あわてて　とめたが、
すすきだは、
こうふんして
火《ひ》を　ふきつづけた。

「あら、
あぶないわね。」
つぼに　手《て》を
かけようと　していた
ミス・ラビットが
とんで　火《ひ》を　よけた。
「ざんねん。
今回《こんかい》は　あきらめるわ。」
ミス・ラビットは
出口《でぐち》のほうに

はしりだした。

「にがすか！」

ボウズすすきだが
また、火《ひ》をふいた！

「だめだってば！
火事《かじ》に　なったら
どうするんだ！」

おれは
ミス・ラビットよりも、
すすきだのほうに　とびついた。

だが、もう、おそかった。
ブーッ。
火災警報《かさいけいほう》の
ベルが　鳴《な》った。
シャーッ。
どうじに、
てんじょうから
スプリンクラーの　水《みず》が
ホールじゅうに
ふってきた。

「ありゃりゃ。」
みんな、ずぶぬれに　なって
外《そと》に　とびだした。

けっきょく、
ミス・ラビットには
にげられた。
警報《けいほう》で　消防車《しょうぼうしゃ》が　やってきて、
おれと　すすきだは
「へやのなかで　火《ひ》を　ふくなんて！」
と、大目玉《おおめだま》を　くらった。
売《う》りものは　すべて
ぬれてしまって、
バザーは　中止《ちゅうし》になった。

園長先生《えんちょうせんせい》は
「これでは
こううんきが　買《か》えない。」
と、ショックで
ひっくりかえってしまい、
たつ子《こ》に　つきそわれて
救急車《きゅうきゅうしゃ》で　病院《びょういん》に
はこばれていった。

ところが、おれたちには
まだ、だいじな仕事《しごと》が
のこっている。
ミス・ラビットは　どこかに
つぼを　ひとつ
かくしたまま、
にげてしまった。
それは　いったい、
どこなんだ？

おれたちは
ぬれた売《う》りものの　あいだを
ひっしに　さがした。
すると、こんどは
パトカーが　何台《なんだい》も
やってきた。
先《せん》頭《とう》に　のっているのは、
おなじみの　石《いし》頭《あたま》けいぶだ。

「ミルキー、たいへんだ。
いま、ミス・ラビットから
電話《でんわ》が　あった。
とった　つぼは、
保育園《ほいくえん》の　うらにわに
うめて　かくしたそうだ！」
「え、うらにわに？」
おかしいな？
ミス・ラビットは　いつのまに
うらにわに　いったんだろう？

だが、そんなことを
いっている　ばあいでは　ない。
すぐに　おおぜいの　警官《けいかん》が
シャベルを　もって
パトカーから　おりてくると、
エッサ　エッサと
うらにわを　ほりはじめた。
もちろん、
おれと　すすきだも
てつだった。

だが、はじから　はじまで
ていねいに　ほりかえしたのに、
なにも　でてこない。
と、そこに　たつ子《こ》と　園長先生《えんちょうせんせい》が
病院《びょういん》から　もどってきた。
「園長先生《えんちょうせんせい》、だいじょうぶですか？」
「ああ、もう　だいじょうぶだ。
それより、これは
なにを　やっているんじゃ？」
きれいに、ほりかえされた

うらにわを　みて、
園長先生《えんちょうせんせい》は　びっくりしている。
それより、たつ子《こ》に　きかなければ
ならないことが　ある。
「ねえ、ミス・ラビットが
つぼを　かくした　ところは
ほんとに　うらにわだと　思《おも》う？」
「あら、まだ、みつけてないの？
ここじゃないわよ。いわないまま、
病院《びょういん》に　いっちゃって　ごめんなさい。」

「ほら、ここを　みて。」
たつ子《こ》は　ホールの
つぼをかざってある
ところに　いった。
「注意《ちゅうい》しなきゃ
いけないのは、
つぼが　ひとつ
へっていることよりも、
この　いちばん
大《おお》きな　つぼは

さいしょ　左《ひだり》に　あったのに、
いまは　右《みぎ》に　あるって
ことなの。」
「そうか。うごかしたんだ。
どうしてだろう？」
「かんたんよ、ほら。」
たつ子《こ》は、そう　いって、
大《おお》きな　つぼを
もちあげた。

すると、
その　下《した》から
小《ちい》さい　つぼが　でてきた。
「ええ！　さかさに
かぶしただけなの！」
「そう。
時間《じかん》が　なかったから、
とっさに
こうして　かくしたのね。
でも、けっきょく、

すすきださんに
火《ひ》を　ふかれて、
とりそこなっちゃったけど……。」
「そうかあ……。
でも、それじゃ　どうして
ミス・ラビットは
『うらにわに
つぼを　かくした。』
なんて　電話《でんわ》を
わざわざ　してきたわけ？」

「うふふ、それなんだけどね。」
と、たつ子《こ》は
わらいながら　いった。
「ミス・ラビットは
つぼは　ほしかったけど、
園長先生《えんちょうせんせい》の　ゆめまで
こわすことになるとは
思《おも》ってなかったのよ。
だから、こんなうそを
ついてきたのね。

つぼを　うらにわに
うめたって　いえば、
おまわりさんたちが　みんなで
そこを　ほりかえすでしょ。
おかげで　土《つち》が　すっかり
たがやされたから、あしたから
ここで　野菜《やさい》が　つくれるわ。
それで　園長先生《えんちょうせんせい》に
おわびしたつもりなのよ、
きっと。」

作者・杉山　亮（すぎやま　あきら）
1954年東京に生まれる。1976年より保育士として、各地の保育園などに勤務。手づくりおもちゃ屋（なぞなぞ工房）を主宰。著書に『たからものくらべ』『子どものことを子どもにきく』『朝の連続小説―毎日５分の読みがたり』『のどかで懐かしい〈少年倶楽部〉の笑い話』『空をとんだポチ』『トレジャーハンター山串団五郎』等。『もしかしたら名探偵』ほか「ミルキー杉山のあなたも名探偵」シリーズは読者参加型のミステリーである。

画家・中川大輔（なかがわ　だいすけ）
1970年神奈川県に生まれる。日本児童出版美術家連盟会員。おもなさし絵の仕事に「たからしげるのフカシギ・スクールシリーズ」「へんしんライブラリーシリーズ」「齋藤孝のガツンと一発シリーズ」など。『もしかしたら名探偵』ほか「ミルキー杉山のあなたも名探偵」シリーズや『トレジャーハンター山串団五郎』でも杉山亮とコンビを組んでいる。

あらしをよぶ名探偵《めいたんてい》

2016年6月　1刷　2017年5月　5刷

作　者　杉山　亮

画　家　中川　大輔

発行者　今村　正樹

発行所　株式会社　偕成社

東京都新宿区市谷砂土原町3-5　〒162-8450
TEL 03(3260)3221（販売）(3260)3229（編集）
http//www.kaiseisha.co.jp/

印　刷　大日本印刷株式会社／小宮山印刷株式会社

製　本　株式会社常川製本

NDC913 ISBN978-4-03-345420-7 142P 22cm

◇乱丁本・落丁本はおとりかえいたします。

本のご注文は電話・ファックスまたはEメールでお受けしています。
Tel:03-3260-3221 Fax:03-3260-3222　e-mail:sales@kaiseisha.co.jp

どろぼう新聞

20XX年X月20日
発行
第46497S号
どろぼう新聞社
東京都新宿区市谷
どろぼう町
269-269-XXXX

なんでもみえる！

探偵印の
虫めがね

猫《ねこ》神《がみ》さん夫《ふう》婦《ふ》に注《ちゅう》目《もく》

怪盗《かいとう》ムッシュが猫神《ねこがみ》さん夫婦《ふうふ》の持《も》っている名画《めいが》ゴーニャン作《さく》「猫《ねこ》のノミをとる女《おんな》」を以前《いぜん》からねらっている。前は、ムッシュの変《へん》そうがミルキーにばれて失敗《※しっぱい》。こんどはどんな変《へん》そうで名画をぬすむつもりなのか。ちなみに猫神家《ねこがみけ》はりっぱなおやしきで、猫《ねこ》のお宝《たから》がたくさんあるらしいぜ。よりどりみどりだ。

※『かえってきた名探偵』より「怪盗ムッシュまたまたあらわる」

猫神《ねこがみ》さん夫婦《ふうふ》

猫《ねこ》グッズをあつめるお金持《かねも》ちコレクター。この屋敷《やしき》には犬《いぬ》ははいれません。

ミス・ラビットはつぼがすき

コンコン保育園《ほいくえん》のバザーにペルシャのつぼが展《てん》示《じ》されることになった。ミス・ラビットもたのしみにしている。保《ほ》育園《いくえん》なので警備《けいび》もてうすだ。ミルキーのおくさんのたつ子さんがいるから気《き》をつけること。ミルキーよりあたまがいいぞ。

とてもめずらしい
ペルシャのつぼ展示中

ボウズすすきだファミリー
こわもての探偵《たんてい》ボウズすすきだには、かわいいむすめのたきびちゃんがいた。おくさんと三人のファミリーショット。

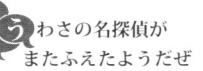